Alicia
en el País de las
Maravillas

Las curiosidades más curiosas

Laura Manzanera

© de esta edición:
Editorial Alma
Anders Producciones S.L., 2023
www.editorialalma.com

 @almaeditorial

© de los textos: Laura Manzanera
© de las ilustraciones: Alice Patullo
Diseño de la colección: redoble.studio
Diseño de cubierta: redoble.studio
Maquetación: redoble.studio

ISBN: 978-84-19599-01-8
Depósito legal: B-13583-2023

Impreso en España
Printed in Spain

Alicia en el País de las Maravillas y *Alicia a través del espejo* son fruto de la desbordante imaginación de su autor, pero también de la época en la que vivió. Este libro te ayudará a descubrir, entre otras muchas cosas, la realidad de la Inglaterra victoriana y el contexto en el que "creció" la maravillosa obra literaria de Lewis Carroll.

¿A qué jugaban los niños? ¿Cuáles eran los temas más candentes que planteaba la ciencia? ¿Qué libros formaban la lista de los más vendidos? ¿Cómo podían fotografiarse fantasmas? ¿Por qué el ajedrez se puso de moda?... En estas páginas encontrarás respuesta a éstas y otras muchas preguntas. Saber más sobre el siglo XIX te ayudará a entender cosas de Alicia que no comprendías, te proporcionará nuevos puntos de vista y hará que disfrutes más de la lectura. Hay muchas maneras de leer la obra de Carroll, pero todas son mejores si se conoce el contexto histórico.

Bienvendidos al maravilloso mundo real de las maravillas.

La *Alicia* de Carroll en su contexto histórico

Charles Lutwidge Dodgson, nombre real de Lewis Carroll, fue un hombre victoriano. Y no sólo porque nació a la par que el reinado de Victoria I y murió tres años antes de que éste concluyese. Lo fue porque acataba las reglas.

Cuando era pequeño, los niños se consideraban "adultos en miniatura" y la infancia, un trámite hacia la edad adulta. Pero él anhelaba que durase siempre y logró que los cuentos fuesen divertidos poniendo del revés las convenciones sociales y apostando por una infancia de "maravillas" en la que la imaginación es libre.

Si Charles Lutwidge Dodgson representaba los rígidos ideales victorianos, Lewis Carroll supuso una bocanada de aire fresco. El primero cumplía las normas, el segundo se las saltaba, empezando por la misma escritura.

Charles Lutwidge Dodgson era un hombre curioso que se pasó la vida experimentando. Le interesaba todo. Tenía una mente inquieta, una gran capacidad de observación y una imaginación fuera de serie. Todo ello, junto con sus grandes dosis de creatividad, le llevó a experimentar en los más variados campos y disciplinas.

Aparte de escritor, era matemático, fotógrafo, ilustrador, profesor, diácono, poeta, filósofo, ajedrecista... Quería probarlo todo y, por suerte para él, en el siglo XIX había muchas cosas nuevas que probar.

La fusión de literatura, pensamiento y arte adquiere con *Alicia* tintes especiales. De no haberse hecho famoso como literato, probablemente se le recordaría como pionero de la fotografía, por aquel entonces una novedosa técnica que tenía mucho de arte y que pronto estuvo al alcance del gran público.

Otro campo artístico muy en boga fue la ilustración, gracias a la prensa y a los cuentos infantiles. Para algunos de sus personajes, Carroll se inspiró en la revista satírica *Punch*.

Las ilustraciones y la historia convirtieron *Alicia* en un *best seller*. Para entonces, la mayor alfabetización y las nuevas técnicas editoriales habían hecho que los libros llegasen a más personas. Pero la literatura de Carroll es particular, la máxima expresión del estilo *nonsense* (sin sentido). Inventó un género basado en el disparate y el absurdo. A través de una niña, desafía las leyes de la escritura y, con la excusa de la fábula, sus palabras vuelan sin cortapisas.

La geometría y la geología, la física y la química, la expansión del universo y el *big bang*... A través de Alicia, Carroll evidencia su enorme interés por la ciencia. Aparte de ser un matemático excepcional, demostró ser único a la hora de combinar los números con la lógica y los juegos de palabras. Tras leer su obra, ¿alguien se atreve a asegurar que letras y ciencias son incompatibles?

Carroll estudió matemáticas en Oxford y también allí las enseñó. Antes, había sido educado en casa y en una escuela privada. En la enseñanza no existía término medio. En un extremo estaban los internados; en el otro, las escuelas populares donde niños y niñas de todas las edades recibían la misma instrucción básica. Aun así, demasiados no tenían ni eso, pues debían trabajar en fábricas o minas a cambio de un mísero sueldo que no les daba ni para comer y, mucho menos, para juguetes. Éstos acapararon asimismo la atención de Carroll, que ideó algunos muy curiosos.

Puede que Carroll quisiese dar la impresión de que el paso de la infancia a la edad adulta es como el ascenso de un peón en el ajedrez y que por eso estructurase su segunda aventura, *Alicia a través del espejo*, como una partida real. Como tantos de sus contemporáneos, era aficionado a este juego milenario que en el siglo XIX vio nacer los primeros torneos internacionales.

Gracias a su mente privilegiada, Charles Lutwidge Dodgson fue un hombre de su tiempo, un tiempo de grandes cambios. Y no se conformó con vivirlo como mero espectador, sino que lo hizo como un verdadero protagonista.

Arte, literatura y pensamiento

La fotografía y la ilustración, la literatura sin sentido y la lógica impregnan la obra de Carroll.

La fotografía: fijar el momento

Carroll fue uno de los pioneros de una innovadora técnica muy popular bautizada como fotografía. La "verdadera" Alicia estuvo en numerosas ocasiones tras el objetivo de su cámara.

París vio nacer la fotografía en la década de 1830. Algunos de los primeros fotógrafos eran artistas, como Louis Daguerre, que montó un espectáculo llamado diorama. Con la combinación de luces y espejos, proyectaba imágenes sobre una gran tela.

La mayoría de espectadores eran burgueses que anhelaban la llegada de un aparato que pudiese inmortalizarlos, un sistema más barato que la pintura al óleo.

Así era la Alicia real

La Alicia de carne y hueso, la que inspiró a Carroll, no era rubia como la pintó Disney.

Alice Liddell tenía el pelo moreno, corto y con flequillo.

El escritor hizo un montón de fotografías de su joven musa. En la más famosa aparece disfrazada de mendiga. En este caso, la realidad no se impuso ni en la pantalla ni en el papel, pues ya en la primera edición aparecía con melena dorada. Y así hemos seguido imaginándola y reproduciéndola hasta hoy.

Aunque las primeras fotos, los daguerroti-
pos, eran un secreto a voces, la Academia de
Ciencias francesa guardó el secreto durante
años. Y, mientras tanto, la gente de a pie especulaba sobre si aquellas imágenes eran
cosa de magia.

El **diorama** tuvo tal éxito
en París que no tardó
en instalarse una
réplica en Londres.

Tres sistemas pioneros en fotografía:

- **La cámara oscura.** Era en una simple caja cerrada con un pequeño
  agujero por donde entraba la luz que proyectaba la imagen del
  exterior. Joseph Nicéphore Niépce incluyó una placa cubierta de betún
  que se endurecía con la luz. Una vez seco el betún, se limpiaba la
  parte no endurecida y la imagen permanecía.
- **El daguerrotipo.** Louis Daguerre sustituyó el betún por placas de cobre
  recubiertas de plata. Para que la imagen resaltase, se sometían a un
  proceso químico.
- **El calotipo.** Obra del británico Henry Fox Talbot, empleaba papel
  sensible a la luz y permitía hacer copias.

Cámaras al alcance de todos

Se dice que Carroll perdió interés por la fotografía cuando el proceso de revelado en seco sustituyó al colodión húmedo, mucho más lento. Para él, ya cualquiera podía dedicarse a la fotografía.

Las primeras cámaras fotográficas eran aparatosas y pesadas, pero eso cambió con el modelo que Kodak lanzó en 1888, mucho más portátil y manejable. El labora-

Tan sencillas que «¡Hasta pueden usarlas mujeres y niños!»

La posibilidad de hacer copias supuso la democratización de la imagen, a la que ayudó la publicidad. En 1888, cuando aún faltaba mucho para que empezase a hablarse de lo políticamente incorrecto, un anuncio de Kodak remarcaba la sencillez del manejo de sus cámaras con estas palabras: «¡Hasta para mujeres y niños!»

La gente pasó a tener dos cosas claras: sabían que podían fotografiar la realidad que las rodeaba y eran conscientes de que debían ser fotografiadas a lo largo de su vida en distintos períodos. Habían encontrado la manera de sobrevivir a sus vidas y dejaban constancia de ese "milagro" en sus álbumes familiares.

«Usted apriete el botón y nosotros haremos todo lo demás» fue el lema de la **cámara portátil** de la marca Kodak, ligera y con un carrete para cien fotos. La llamaban "detective".

¡Por fin se ha vencido la muerte!

En cuanto se vieron fotografiadas, personas de todas las clases sociales acogieron el invento con entusiasmo. «¡Por fin se ha vencido la muerte!» aseguraron algunos periodistas. El ser humano tenía a su alcance una manera de pasar a la posteridad.

torio de la compañía se encargaba del revelado y de enviar a los clientes las imágenes en papel.

La siguiente revolución la traería el carrete de película, que permitía hacer más de una foto cada vez. A partir de ese momento, la práctica de fotografiar se extendió con suma rapidez.

¡A todo color!

La primera fotografía en color lleva por título *La cinta de tartán* y fue tomada en 1861 por el fotógrafo Thomas Sutton, que seguía instrucciones del físico James Clerk Maxwell.

Posteriormente, dichos negativos se proyectaron sobre la misma pantalla con el objetivo de crear una única imagen. De ese modo nació en Gran Bretaña la fotografía en color permanente.

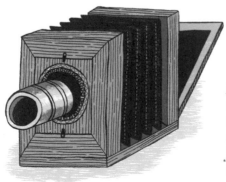

La imagen se realizó con tres negativos obtenidos con filtros de color azul, rojo y verde.

Los "fotógrafos retratistas"

Las primeras fotografías imitaban la pintura. Se retrataban personas con poder, pero la fotografía estuvo pronto al alcance de la clase media. Abundaban los fotógrafos de familias, como Carroll.

Aunque el retrato fotográfico acabó sustituyendo al retrato pictórico, en ambos había estudio, decorados y posturas para posar. Por eso los pioneros del XIX se autodenominaron "fotógrafos retratistas". Despuntaron Félix Tournachon, alias Nadar, y Antoine Lumière, el padre de los inventores del cinematógrafo.

El *collage* antes del *collage*

Retratos de bebés, de novios y hasta de muertos se colgaban en las paredes o se llevaban en la cartera, como ahora las llevamos en el móvil.

Mucho antes de que el *collage* se difundiese como un arte vanguardista, en la segunda mitad del siglo XIX algunas británicas experimentaron con esta técnica. Era una forma de entretenimiento que les permitía expresar su creatividad, experimentar, divertirse y socializar.

Aunque predominaban las composiciones de tema familiar y del estilo de vida

Caroll trabajó como fotógrafo y su obra obtuvo el reconocimiento de las altas esferas sociales y culturales de Oxford y Londres. Fue uno de los pioneros de una innovadora técnica que le permitía desarrollar sus dotes artísticas. También se dedicó a reseñar exposiciones fotográficas.

aristocrático, a menudo se traspasaban los estrictos códigos éticos con escenas de humor irreverente que incluían la crítica política.

Recortaban imágenes que combinaban con escenarios pintados e ilustraciones.

Dos fotógrafas victorianas de referencia

- **Julia Margaret Cameron**. Fotografió a personajes famosos, como la actriz Ellen Terry y el poeta Alfred Lord Tennyson.
- **Clementina Hawarden**. Considerada la primera mujer en crear fotografías artísticas gracias a sus innovadores retratos.

El Photoshop victoriano

El retoque de imágenes existía ya en la época de Carroll, mucho antes de los ordenadores.

Dada la alta sensibilidad de los negativos al azul y al blanco, en las fotografías antiguas las nubes no se distinguían en el cielo, así que esa parte se borraba y repintaba. También se iluminaban u oscurecían ciertas áreas de un retrato. Para acentuar mandíbula o pómulos, se aplicaba un abrasivo a la parte barnizada de las placas de vidrio y, luego, para darle densidad, se raspaba la superficie con un lápiz de grafito, que también servía para tapar pecas y lunares.

El maquillaje ocultaba los ojos hundidos o la piel cetrina y hasta se pintaban ojos sobre los párpados cerrados.

El retrato *post morten*

Una costumbre victoriana que hoy nos puede parecer inquietante es el retrato conmemorativo o retrato de duelo.

Se fotografiaba a los recientemente fallecidos, a los que se vestía, acicalaba y colocaba de modo que pareciesen vivos.

Los familiares posaban junto al cadáver, en ocasiones sentado. Y si se trataba

Entre los pioneros de la fotografía artística en la época victoriana, destaca el fotógrafo sueco Oscar Rejlander y su famosa obra titulada *Las dos sendas de la vida* (1857) realizada mediante la combinación de 32 negativos. En su momento, causó una gran polémica, pero gustó a la reina Victoria de Inglaterra, que le regaló una copia a su esposo.

de niños, solían aparecer en brazos de su madre o con sus juguetes.

Las fotografías eran tan costosas que no solían hacerse muchas en vida y muchas familias solo se podían permitir encargar un retrato del familiar recién fallecido.

Fotografiar fantasmas

Otra "técnica" de la época era la de capturar imágenes de fantasmas. El interés por contactar con seres queridos en el más allá hizo que apareciesen fotógrafos que supuestamente fotografiaban los espíritus y captaban fallecidos con sus cámaras. O eso decían ellos.

El inglés William Hope usó esta "técnica" y, pese a ser descubierto, siguió teniendo defensores. Entre ellos, Arthur Conan Doyle, el padre de Sherlock Holmes.

Los supuestos fantasmas solían aparecer como entes **semitransparentes** sobre los seres queridos, a veces asustándolos.

Las ilustraciones: caricaturas y cuentos

La protagonista del libro de Carroll, Alicia, ha leído cuentos de hadas y se plantea escribir un libro sobre su aventura. Seguro que incluiría dibujos, pues la ilustración vivió en el siglo XIX una época dorada gracias a los cuentos.

Tenniel pasaría a la historia por poner rostro a Alicia y al resto de sus alocados compañeros.

En la Gran Bretaña victoriana, la prensa y los cuentos infantiles dieron un enorme empuje a la ilustración. El mismo Carroll ilustró la primera versión de *Alicia*.

Había mucha demanda de caricaturas, tanto en la prensa humorística como en la "seria". Destacaban dos publicaciones: *Illustrated London News* y la revista satírica *Punch*. Uno de los colaboradores habituales de Punch era John Tenniel, especializado en ilustraciones satíricas de políticos y de la sociedad en general. Pese al éxito de sus caricaturas en prensa, Tenniel pasaría a la historia por poner rostro a Alicia y al resto de sus alocados compañeros.

Carroll no era ajeno a la moda de caricaturizar a los políticos. Parece que quiso que el León y el Unicornio que aparecen en *Alicia* representasen a dos de ellos: William Gladstone y Benjamin Disraeli, respectivamente. Ambos eran rivales y ocuparon el cargo de primer ministro de Reino Unido. Eso explicaría lo mucho que sus ilustraciones se parecen a las caricaturas que Tenniel hizo de ellos para la revista *Punch*.

Personajes de Beatrix Potter

Cuentos infantiles ilustrados

En el primer párrafo de *Alicia en el País de las Maravillas*, la niña lamenta que el libro que su hermana lee no tenga dibujos. Y es que lo habitual era que los cuentos los tuviesen, como los de estas dos grandes ilustradoras victorianas:

- **Beatrix Potter.** Conocida por sus animales con ropa. Su personaje más famoso es Peter Rabbit.
- **Kate Greenaway.** Con sus acuarelas idealizó la infancia, sus niños son niños felices. La Library Association of Great Britain instituyó en su honor la Kate Greenaway Medal.

En un principio, dadas las exigencias del autor, el ilustrador dudó en trabajar en el libro de Lewis Carroll, pero terminó aceptando. El resultado fue un derroche de originalidad y creatividad que ha quedado grabado para siempre en la imaginación popular. Su serie de ilustraciones ya cosechó un enorme éxito en su momento.

Cuando el escritor le propuso repetir con la segunda parte de Alicia, antes de darle un sí, Tenniel se lo pensó dos veces. En este caso, puede asegurarse que las segundas partes pueden ser igual de buenas.

La duquesa fea

Mi primer sermón

La pintura como inspiración

Dos conocidos cuadros sirvieron de base e inspiración para la creación de algunos personajes en la obra de Carroll:

La Duquesa

El grotesco retrato de Margarita Maultasch, duquesa de Carinthia y el Tirol, titulado *La duquesa fea*, del pintor flamenco Quentin Matsys inspiró el personaje de la duquesa en el clásico infantil de Carroll.

Alicia en el tren

La ilustración de John Tenniel, donde aparece Alicia en el tren, es una copia de una pintura de John Everett Millais: *Mi primer sermón*. El ilustrador mantuvo el sombrero con la pluma, pero sustituyó la Biblia por un bolso. Por otro lado, el hombre vestido de papel, que la acompaña, se parece sospechosamente a Disraeli, del Partido Conservador.

Otros parecidos razonables
El Sombrerero Loco
Tenniel lo pintó parecido a un comerciante de muebles llamado Theophilus Carter. Llevaba sombrero de copa, igual que el personaje, e inventó extravagantes artilugios como la cama despertadora, que te despertaba tirándote al suelo.

Hay quien ve tras el Sombrerero el rostro del filósofo y matemático Bertrand Russell. Podría ser él si no fuese porque nació siete años después de la publicación de *Alicia*.

La Reina Roja
Se ha rumoreado que tras su imagen se esconde la institutriz de las hermanas Liddell y que ella y Carroll mantuvieron una relación romántica.

Alicia, una gran *influencer*
El mundo de Alicia ha fascinado a creadores de todos los ámbitos. Salvador Dalí, Max Ernst o Yayoi Kusama la han reinterpretado a su manera. También ha sido fuente de inspiración para las fotografías de Annie Leibovitz y en el calendario Pirelli de 2018 aparecían sus personajes, todos negros y encarnados por Naomi Campbell y Whoopi Goldberg, entre otras *celebrities*.

El tema *White rabbit* de Jefferson Airplane aludía al Conejo Blanco y se acusó a la banda de apología de las drogas. *Alicia (expulsada al País de las Maravillas)* es una canción de Enrique Bunbury, y Marilyn Manson tituló a un disco *Eat me, drink me* en alusión a los alimentos y bebidas que hacen que Alicia cambie de tamaño.

Tampoco la moda se ha olvidado de ella, como la versión del Sombrerero que Iris van Herpen y Viktor & Rolf llevaron a las pasarelas.

La literatura sin sentido: nada es lo que parece

Para el Sombrerero, «en un mundo de locos, tener sentido no tiene sentido». Una frase lógica desde el punto de vista del nonsense. *Por algo Carroll se considera el máximo representante de este tipo de literatura.*

En el mundo de Alicia todo es posible, como apunta este intercambio de palabras entre Alicia y el Sombrerero: «Es imposible», dice ella, a lo que él responde: «Sólo si crees que lo es».

A partir de los juegos lingüísticos y la poesía, Carroll desafía normas literarias para sumergirse en el mundo del absurdo. Oculto tras una supuesta novela infantil, experimentó con el lenguaje más allá de las convenciones moralizantes de su época, transformando las palabras, que a menudo significan una cosa y su contrario. «Vaya, parece que vamos a divertirnos —pensó Alicia—. Me gusta que empiecen jugando a las adivinanzas...»

A través de la literatura *nonsense*, donde todo es paradójico y contradictorio, reprodujo una infancia de risas y diversión distinta, poniendo del revés las limitantes convenciones victorianas.

Aunque no se consideró un género literario hasta el siglo XIX,

5 claves del *nonsense*
- La paradoja
- La imprecisión
- La simultaneidad
- La arbitrariedad
- Las series de palabras

los orígenes de esta literatura son muchísimo más antiguos. Griegos y romanos ya la emplearon en su retórica y estuvo muy presente en la Europa medieval. Mucho después, dadaístas y futuristas también experimentarían con ella.

Los héroes de la nueva literatura infantil

A lo largo del siglo XIX, la figura del niño estuvo marcada por una paradoja. Por un lado, el Romanticismo lo convertía en un ser puro; por el otro, el cristianismo señalaba la inevitable corrupción de su alma. Aunque la literatura infantil victoriana es el resultado de esa paradoja, existió una literatura alternativa que, en lugar de corregir a los pequeños, los convertía en los héroes de su propia aventura. Alicia es la máxima representación de esta nueva literatura.

Los poemas disparatados

Pueden compararse con un cuadro abstracto que, a diferencia de uno realista, es libre para jugar como le plazca. *Jabberwocky* (Jerigóndor), el poema de Carroll incluido en *Alicia a través del espejo*, era de sobras conocido por los escolares ingleses de finales del siglo XIX.

Misterios resueltos con el *Jerigóndor*

- *Night of the Jabberwock*, de Fredric Brown. El narrador se da cuenta de que las fantasías de Carroll no son ficticias, sino reales en otro plano de existencia.
- *The Jabberwocky Thrust*, de Bruce Elliott. La víctima es hallada junto a un ejemplar de *Alicia* abierto por el *Jerigóndor*, clave para resolver el asesinato.

Un *best seller* de la época

El año en que Carroll murió, 1898, se habían vendido doscientos cincuenta mil ejemplares entre las dos obras de Alicia, *convertidas en auténticos* best sellers.

Los libros más vendidos del siglo xix

Una mayor alfabetización ayudó a difundir la lectura, que a su vez creó el concepto *best seller* de la era industrial. Éstos son algunos de los *best sellers* de la centuria (ordenados por año de publicación):

- *La dama del lago*. Walter Scott, 1810.
- *Orgullo y prejuicio*. Jane Austen, 1813.
- *Frankenstein*. Mary Shelley, 1818.
- *El conde de Montecristo*. Alejandro Dumas, 1844.
- *Cumbres borrascosas*. Emily Brontë, 1847.
- *Moby Dick*. Herman Melville, 1851.
- *La cabaña del tío Tom*. Harriet Beecher Stowe, 1852.
- *Historia de dos ciudades*. Charles Dickens, 1859.
- *Los miserables*. Victor Hugo, 1862.
- *La isla del tesoro*. Robert L. Stevenson, 1863.
- **Alicia en el País de las Maravillas. Lewis Carroll, 1865.**
- *La vuelta al mundo en ochenta días*. Jules Verne, 1872.
- *Drácula*. Bram Stoker, 1897.

¿Por qué Lewis Carroll no firmó con su nombre?

El "padre" de *Alicia* no firmó como Charles Lutwidge Dodgson y usó seudónimo porque no quería presentar sus trabajos académicos con el mismo nombre que sus cuentos.

¡Lewis Carroll, acusado de ser Jack el Destripador!

En 1996, Richard Wallace lanzó una noticia bomba. Según él, el autor de *Alicia* era Jack el Destripador, el primer asesino en serie mediático, que en 1888 mató brutalmente a cinco prostitutas del East End de Londres.

Aportó como pruebas frases crípticas y anagramas en los que Carroll, supuestamente, anunciaba sus futuros crímenes.

Se dedicó a reorganizar cartas y libros de Carroll para acabar localizando frases como ésta: «¡Si encuentro una puta callejera, ya sabes lo que pasará! ¡Le cortarán la cabeza!». También afirmó que Carroll no habría actuado solo, sino ayudado por su amigo Thomas Vere Bayne.

El caso del Destripador sigue abierto y, en realidad, Carroll fue uno más de la larga lista de candidatos, entre los que había eminencias como el duque de Clarence, hijo de Eduardo VII, y William Gull, médico personal de la reina Victoria.

Alicia y el sentido de la vida

Quién, por qué, cómo, dónde... Alicia no deja de hacerse preguntas. La filosofía y la lógica son ingredientes principales en la literatura de Lewis Carroll.

Alicia le pregunta a la Oruga «¿Quién soy?» Este planteamiento es puro existencialismo, una corriente filosófica según la cual el ser humano forja su propia existencia.

El 29 de octubre de 1945, Jean-Paul Sartre dio una conferencia en el club Maintenant de París. Ese día, de algún modo, nació el existencialismo. Aun así, sus orígenes se encuentran en el siglo XIX, en los trabajos de filósofos como Kierkegaard y Nietzsche, y en las novelas de Dostoyevski.

Cuatro ideas clave del existencialismo:

1 Cada uno es libre de constituir su propia forma de ser.

2 El ser humano es responsable de sí mismo y dueño de su destino.

3 Hay una estrecha relación entre la libertad, la responsabilidad que ésta implica y la angustia que acompaña a esa responsabilidad.

4 Ningún sistema de creencias desde una sola perspectiva moral y científica es válido.

¡Lógico!

La aportación de Charles Lutwidge Dodgson (alias Carroll) en el campo de la lógica fue relevante. Su libro *El juego de la lógica* está lleno de los silogismos recreativos que tanto le entusiasmaban.

Aristóteles como referencia

A Carroll le interesaba la lógica aristotélica. El filósofo, el primero en estudiar la lógica del pensamiento, propuso modelos para validar un razonamiento. Su filosofía se centra en el realismo, en contraposición a la de su maestro Platón, basada en el idealismo.

Vivir marcha atrás

«Ése es el efecto de vivir hacia atrás —dijo la reina con amabilidad—, al principio siempre te mareas un poco.» Desde que Carroll lo usó en *Alicia a través del espejo*, este recurso está presente en muchos relatos fantásticos y de ciencia ficción. Un ejemplo es *El extraño caso de Benjamin Button*, de Francis Scott Fitzgerald, llevado al cine por David Fincher con Brad Pitt de protagonista.

¿Ostra o fósil?

Uno de los silogismos de Carroll decía así: «Ningún fósil sufre un desengaño amoroso. Una ostra puede sufrir un desengaño amoroso. Conclusión: las ostras no son fósiles».

La ciencia

Las matemáticas, las teorías científicas y la psicología están muy presentes en la obra de Lewis Carroll.

Un gran matemático

Los guiños al álgebra, la teoría de los números y la lógica en las historias de Alicia delatan que Carroll era, además de escritor, un amante de las matemáticas.

Charles Lutwidge Dodgson demostró gran precocidad para las matemáticas. Con doce años resolvía problemas complejos de geometría y con dieciocho ingresó en la Universidad de Oxford. Allí vivió, primero como estudiante y luego como profesor hasta su muerte, en 1898.

Publicó decenas de obras científicas y divulgativas sobre lógica, geometría y álgebra. Uno de sus logros en esta última materia fue desarrollar un método abreviado para resolver ecuaciones a partir de una especie de reducción de las operaciones. Lo recoge en su obra *Condensación de los determinantes*.

La fan más "real"

Según se cuenta, la reina Victoria era una auténtica fanática del libro de Carroll, hasta el punto de pedirle al escritor que le dedicase su siguiente obra. Lo curioso es que la que vino después de *Alicia* no fue de literatura sino de matemáticas: *Tratado elemental sobre determinantes*. Aun así, se lo presentó a la soberana, que debió llevarse un chasco considerable

Adivina qué día es

Entre los muchos divertimentos que ideó Carroll llama la atención un método para averiguar el día de la semana en el que cae cualquier fecha. Con el mismo fin, John Conway propuso el algoritmo Doomsday, pero cien años después.

En defensa de la geometría y de Euclides

Carroll veía la geometría de Euclides como un instrumento idóneo para aprender a razonar de un modo lógico. Por eso defendió el estudio de los *Elementos*, donde el matemático griego la aborda desde las dos dimensiones (el plano) y las tres dimensiones (el espacio). Con el fin de defender su posición, escribió *Euclides y sus rivales modernos* (1879), con forma de drama en cuatro actos.

Reflejo en el espejo

Los famosos gemelos que aparecen en Alicia son lo que los geómatras llaman enantiomorfos, formas idénticas en espejo. Por eso, para estrechar la mano de Alicia, uno extiende la derecha y el otro la izquierda.

La Tierra y el universo

Alicia recuerda a la Duquesa que la Tierra tarda veinticuatro horas en dar un giro completo sobre su eje. Ni de lejos es el único fragmento que prueba que los planteamientos científicos subyacen en el mundo carrolliano.

Lewis Carroll quería iniciar un cuento distinto, así que metió a la protagonista en una conejera sin tener ni idea de lo que iba a suceder. En su época, se especulaba sobre qué pasaría si alguien cayese por un agujero que pasase por el centro de la Tierra. Ya Plutarco se había planteado la cuestión en el siglo I, y muchos otros pensadores lo harían después, entre ellos Francis Bacon y Voltaire. Pero fue Galileo quien dio con la solución: la resistencia del aire evitaría que la persona estuviese en un movimiento de vaivén eterno, haciendo que se detuviese en el mismo centro de la Tierra.

En la madriguera, Alicia calcula estar muy cerca del centro de la Tierra, a cuatro mil millas de profundidad. Es sólo un ejemplo de cómo Carroll plasmó su interés por la ciencia en una obra que sigue causando furor entre la comunidad científica.

Viaje al centro de la Tierra

Aparte de Carroll, otros autores de relatos infantiles han usado la caída en el interior de la Tierra como recurso. Destacan L. Frank Baum en *Dorothy y el mago de Oz* y Ruth Plumly Thompson en *The Royal Book of Oz*.

Adiós al universo

Algunos cosmólogos han citado los cambios de tamaño de Alicia para ilustrar aspectos de la teoría de la expansión del universo. El hecho de que la niña asegure que se ha librado por los pelos de reducirse hasta desaparecer por completo recuerda la hipótesis de un universo en disminución que propuso el matemático escocés Edmund Whittaker (1873-1956). Ésta apunta a la posibilidad de que la cantidad total de materia del universo se esté reduciendo de forma continua de modo que, finalmente, todo el universo se desvanecerá hasta desaparecer.

Ciencia versus ética

«—Nos pondremos en marcha, y no pararemos hasta llegar.

—¿Adónde vamos?

—No lo sé, pero vamos.»

La respuesta que el Gato da a Alicia representa la brecha entre ciencia y ética. La ciencia no puede decirnos adónde ir, pero, una vez tomada la decisión, sí puede decirnos la mejor manera de llegar.

Alicia y el *Big Bang*

La influencia de Alicia en la ciencia sigue estando presente. No por casualidad ALICE es el acrónimo de uno de los ocho experimentos que estudian lo que sucedió después del *big bang*.

Una realidad alterada

«Aquí todo el mundo está loco. Yo estoy loco.
Tú estás loca.»

El empeño de la Oruga, el Sombrerero o el gato de Cheshire por obligar a Alicia a que se comporte de forma racional cuando todos ellos están locos da que pensar.

Si estas disparatadas aventuras se hubiesen escrito en la década de 1960, cuando el LSD y otras sustancias psicotrópicas causaban furor, sería tentador pensar que el autor estaba bajo los efectos de las drogas. Ahí estarían como prueba de la "acusación", las

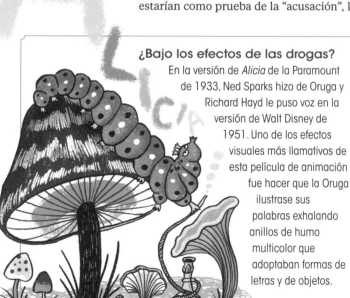

¿Bajo los efectos de las drogas?

En la versión de *Alicia* de la Paramount de 1933, Ned Sparks hizo de Oruga y Richard Hayd le puso voz en la versión de Walt Disney de 1951. Uno de los efectos visuales más llamativos de esta película de animación fue hacer que la Oruga ilustrase sus palabras exhalando anillos de humo multicolor que adoptaban formas de letras y de objetos.

setas mágicas que toma la protagonista o el narguile o pipa de agua que fuma la oruga. ¿Y qué decir de la sonrisa del gato de Cheshire suspendida en el aire?

No sabemos si Carroll consumía algún estupefaciente, pero de haber sido así, diremos en su "defensa" que en su tiempo tanto el opio como el láudano eran legales y que se usaban para aliviar dolencias como las jaquecas que el escritor sufría. ¿Acaso lo hizo por prescripción médica? Fuera como fuese, los fans de la obra no quieren ni oír hablar de eso. Las alocadas historias se deben exclusivamente a la inaudita imaginación del autor.

"Más loco que un sombrerero"

La aparición del personaje del Sombrerero no es casual. Muy cerca de donde vivía Carroll, en Stockport, abundaban los talleres de sombreros. Tampoco es fruto del azar que haya perdido el juicio, pues en la fabricación se usaba mercurio para convertir la piel en fieltro, pintura de plomo y pegamento. La inhalación de esas sustancias producía trastornos y alucinaciones. De ahí la expresión "Más loco que un sombrerero", habitual en la Inglaterra victoriana.

También se decía "loco como una liebre de marzo", otro personaje de Alicia cuyo nombre alude a las cabriolas que la liebre macho hace durante ese mes, la época de celo.

Un síndrome que no tiene nada de cuento

El cambio de tamaño que sufre Alicia en varias ocasiones ha dado nombre a un trastorno neurológico que causa alucinaciones visuales y altera la percepción de las formas. Puede producirse tras una intoxicación con alucinógenos y quienes lo padecen ven tanto los objetos como sus propios cuerpos de un tamaño distinto al que son en realidad.

Como no podía ser de otra manera, se conoce como síndrome de Alicia en el País de las Maravillas o, sencillamente, "estira y encoge".

«¡Qué raro es todo hoy! ¡Y ayer todo era tan normal! Me pregunto si habré cambiado durante la noche. Espera que pienso: ¿era yo la misma al levantarme esta mañana?»

Cuestión de psicología

Muchas escenas de los libros de Alicia responden a alguna crítica por parte del autor y bastantes pueden leerse con doble sentido e interpretarse desde un punto de vista psicológico.

La caída al abismo
- El inacabable descenso por la madriguera recuerda una pesadilla recurrente: caes al vacío hasta que la angustia te hace despertar.
- **Interpretación:** la entrada al mundo inconsciente.

La prisa es mala consejera
- El Conejo Blanco va siempre apresurado y lamenta que va a llegar tarde mientras mira su reloj compulsivamente.
- **Interpretación:** la exigencia excesiva que los mayores imponen a veces a los niños.

La rutina es aburrida
- El té de las seis de la tarde que el Sombrerero no perdona alude a las rutinas de los adultos que se repiten hasta la saciedad.
- **Interpretación:** los comportamientos asumidos que nunca se cuestionan.

Problemas de intransigencia
- La Reina de Corazones gobierna despóticamente el País de las Maravillas. Es narcisista, inflexible y controladora y resuelve los problemas mandando decapitar a cuantos la ofenden.
- **Interpretación:** el exceso de intolerancia.

¡Que paren el tiempo!

El tiempo está omnipresente en *Alicia* (incluso es un personaje), igual que la posibilidad de estirarlo o detenerlo. Esta idea obsesionaba al pintor surrealista Salvador Dalí como antes había obsesionado a Carroll. Dalí representó a Alicia como una muchacha con un largo vestido que salta a la comba morosamente o carga sus pinturas de mariposas como metáfora transparente del florecimiento.

Alicia, musa de la ciencia

Muchos investigadores se han inspirado en personajes y situaciones de Alicia para explicar teorías y bautizar descubrimientos.

Quienes han estudiado cómo construimos la imaginación han descubierto que los niños que juegan a "creer lo imposible" tienden a desarrollar una capacidad cognitiva más avanzada. Entienden mejor el pensamiento hipotético y las motivaciones e intenciones de los demás.

Las aventuras de Alicia están llenas de encuentros surrealistas que podrían ayudar a cualquiera a desarrollar la habilidad de imaginar situaciones imposibles.

Ya lo escribió Carroll: «Tantas cosas fuera de lo común le habían ocurrido últimamente que Alicia había comenzado a pensar que muy pocas cosas en verdad eran realmente imposibles».

¿Sueños lúcidos?

Alicia en el País de las Maravillas acaba cuando la protagonista se despierta. Los surrealistas vieron en la historia algo muy próximo a un sueño: esconderse de la nada, persecuciones que no van a ningún sitio, cambios de tamaño…

«Me han acusado de ser Alicia y de no ser Alicia, pero éste es mi sueño y yo decidiré cómo continuar», se propone la niña. ¿Está hablando de sueños lúcidos?

La teoría de la relatividad antes de Einstein

En el cuento *Silvia y Bruno*, Carroll describe la dificultad de tomar el té en una casa que cae al vacío mientras la empujan hacia abajo con una aceleración mayor. Con esto parece anticiparse a algunos aspectos de la teoría de la relatividad propuesta por Albert Einstein.

Dos lecciones de la Reina Blanca

La memoria del futuro

En este fragmento, la Reina Blanca asegura poseer una extraña capacidad de previsión:

«— Es un tipo de memoria muy pobre la que sólo funciona hacia atrás— replica la reina.

— ¿Qué tipo de cosas recuerda mejor?— se aventura a preguntar Alicia.

— Oh, las cosas que ocurrirán la semana que viene después de la siguiente —respondió la reina en un tono despreocupado.»

Los neurocientíficos han detectado que la memoria no tiene que ver únicamente con el pasado, sino que también ayuda a actuar de forma apropiada en el futuro. Y, para explicarlo, más de uno se ha referido a la Reina Blanca.

Pensar en cosas imposibles

La reina parece tener la habilidad de pensar en lo imposible, como indica ese diálogo:

«—No sirve de nada intentarlo —dijo Alicia—. No se puede creer en cosas imposibles.

— Me atrevería a decir que no tienes mucha práctica —respondió la reina—. Cuando tenía tu edad lo hacía durante media hora al día. A veces creía hasta en seis cosas imposibles antes del desayuno.»

Infancia y juventud: hacerse mayor

El juego es un elemento esencial en toda la literatura de Lewis Carroll.

Diversión asegurada

La Reina de Corazones invita a Alicia a participar en una particular partida de croquet, un pasatiempo de moda entre adultos y niños. Aunque éstos últimos, a la hora de divertirse, tenían sus prefrencias.

El escondite, la comba o la rayuela eran algunos de los juegos que más triunfaban. Y, en cuanto a juguetes, los más solicitados eran cajas de música, muñecas, animales de cuerda, canicas, aros y peonzas, como la perinola.

Las caras de la perinola incluyen letras o números y, al detenerse, marca lo que el jugador debe hacer.

Diez juguetes populares

- Muñecas. De madera y articuladas.
- Muñecas recortables. De papel y con varios vestidos.
- Casas de muñecas. Algunas eran auténticas piezas de museo.
- Cajas sorpresa. Al abrirlas, un muñeco salía disparado.
- Juguetes móviles. Con un mecanismo de cuerda.
- Caleidoscopio. Imágenes creadas con cristales de colores en un tubo.
- Linterna mágica. Similar a un proyector de diapositivas, sólo que en lugar de electricidad se usaba una vela o una lámpara de aceite.
- Juguetes ópticos. Creaban trucos con luces, espejos y juegos de movimiento.
- Zoótropo. Un cilindro con imágenes que, al girar, parecían moverse.
- Libros desplegables. Hoy los llamaríamos libros 3D.

"Amo a mi amor con la A"

Era el nombre de un popular juego victoriano que aparece en *Alicia a través del espejo*. Un jugador decía «Amo a mi amor con la A porque es... Le odio porque es... Se llama... Vive en...», y debía terminar cada frase. Un segundo jugador hacía lo mismo con la letra B y, así, hasta completar el abecedario.

En Alicia a través del espejo, *la oveja pregunta a Alicia si es una niña o una perinola, una pequeña peonza muy popular en el siglo XIX.*

Pasatiempos macabros

Algunos juegos victorianos pueden parecernos perturbadores:

- *Ring Around the Rosie*. Es el título de una canción que los niños y niñas cantaban mientras bailaban. Según parece, habla de la peste bubónica.
- **La manzana y la vela**. Debían arrancar de un mordisco la fruta del extremo de un palo. En el otro extremo había una vela, así que había riesgo de quemadura.
- **Simular un funeral**. Fingían estar en un velatorio y hasta había juguetes especiales: un pequeño ataúd, un vestido de luto, un muñeco al que dar sepultura... Charles Dickens se refirió a este juego en *La tienda de antigüedades*.

Niño rico, niño pobre

Alicia y su hermana tienen cuanto necesitan, incluidos probablemente los juguetes de moda. Sin embargo, una legión de niños y niñas de su generación eran explotados en fábricas y minas. Muchos malvivían en las grandes urbes.

Charles Dickens publicó *Oliver Twist* por entregas entre 1838 y 1840. Apenas arrancaba el reinado de Victoria I cuando apareció la novela, con tintes autobiográficos. Cayó como un jarro de agua fría en las mentes biempensantes británicas por sus ataques a la hipocresía moral, las buenas palabras de las instituciones sociales y los órganos judiciales.

Con la llegada de la Revolución Industrial, la minería y la industria textil acapararon buena parte de la mano de obra infantil.

La explotación infantil

Aparte de diferencias entre clases sociales, también las había entre los obreros. No eran iguales los trabajadores cualificados y los que no lo eran, entre los que se incluían mujeres y niños. Los llamaban *sunken people* (gente hundida) y realizaban las tareas más penosas y peligrosas. Pese a trabajar de las cinco de la mañana a las nueve de la noche, vivían en la extrema pobreza.

Había tantos accidentes laborales infantiles que en 1833 Gran Bretaña creó la primera ley que regulaba su trabajo. Prohibía emplear a menores de nueve años, restringía los horarios y obligaba a las empresas a proporcionarles asistencia escolar.

El personaje dickensiano, huérfano, criado en un hospicio y víctima de la explotación laboral, acaba cayendo en manos de las redes de delincuencia callejera.

Granjas de niños

Las madres que no podían encargarse de sus hijos los entregaban a mujeres que, a cambio de dinero, los criaban en sus casas. Aunque las hubo antes, el término *baby farm* apareció hacia 1860.

Algunas cuidadoras vieron una manera fácil de ganar dinero, así que intentaban atraer el máximo número de niños, que en muchos casos morían víctimas del hambre y la dejadez. De ahí lo de llamarlas *baby farm*, pues la granja sugiere la producción de animales que son sacrificados.

Oliver Twist no existió, pero encarna a la perfección los problemas de gran parte de la infancia de entonces.

Margaret Waters: con ella llegó el escándalo

Uno de los mayores escándalos relacionados con las granjas de niños lo protagonizó Margaret Waters. Se encontró en su vivienda a unos diez pequeños desnutridos y otros tantos cuerpos de niños y bebés enterrados. Fue ahorcada en 1870.

Una habitación propia

Los hijos de aristócratas y burgueses contaban con un espacio propio: una sala de juegos o un estudio donde recibían instrucción de preceptores e institutrices.

Pese a estos privilegios, su educación era muy estricta y debían ser sumisos. La rebeldía era lo que menos se toleraba.

La escuela victoriana

Alicia explica a la Falsa Tortuga que en el colegio aprendía francés y música, un privilegio teniendo en cuenta que la educación victoriana dejaba en general mucho que desear.

Las escuelas más humildes se llamaban one room schools *porque niños y niñas de todas las edades compartían una sola estancia.*

Mientras los niños ricos eran educados en casa por una institutriz y luego en algún internado, los que no lo eran y disfrutaban de la posibilidad de ir a la escuela, solían recibir una precaria alfabetización y nociones básicas de la Biblia.

Pese a recibir un salario bajo, los profesores se ocupaban también de la higiene, la salud y la alimentación de los alumnos. La mayoría eran hombres y no se los llama-

Fechas clave de la educación en Gran Bretaña

- 1876 Y 1880. Se aprueban sendas leyes sobre la obligatoriedad de la instrucción primaria.
- 1891. Se institucionaliza la gratuidad.

ba *teachers* sino *schoolmasters*. Y, en caso de que fuesen profesoras, debían dejar de trabajar en cuanto se casaban.

Aunque en la segunda mitad del siglo XIX se decretó la escolarización obligatoria en Gran Bretaña, durante mucho tiempo el absentismo fue enorme, pues la mayoría de niños trabajaban.

¡Fuera moralinas!

En la Inglaterra victoriana, los cuentos infantiles solían rematarse con una moraleja final que recordaba a los jóvenes lectores que debían obediencia y respeto a sus padres y hermanos mayores. No debían ser muy del agrado de Carroll, pues prescindió de cualquier mensaje aleccionador. Allá cada uno con sus actos, vaya...

"Las tres erres"

A diferencia de los centros privados, en las escuelas populares no había música ni protocolo. Se enseñaban "las tres erres": **Reading, Riting and Rithmetic** (lectura, escritura y aritmética).

La letra con sangre entra

Los alumnos que no realizaban las tareas de forma satisfactoria o tenían mal comportamiento recibían un escarmiento. Los castigos iban desde copiar un texto un montón veces hasta ponerse de cara a la pared o colocarse un gorro con la palabra "burro". E incluían daño físico, como unos azotes en el trasero o golpear las manos con una vara de madera.

La Universidad de Oxford

Unos cuarenta colleges ocupan el centro de Oxford.
Ninguna ciudad se identifica tanto con su universidad.
En ella Carroll enseñó matemáticas.

En el siglo XIII, muchos jóvenes europeos empezaron a acudir a las universidades en busca de un título que les abriera puertas en el futuro. Fue cuando se fundó la Universidad de Oxford, la más antigua y prestigiosa de Inglaterra.

En los últimos ocho siglos, por Oxford han pasado, y se han quedado, políticos, pensadores, escritores, científicos... Con el fin de recordarlos, se incluyó en las casas donde algunos residieron una placa con su nombre. En una ruta por el casco urbano

Tradiciones victorianas

En época de exámenes, la Universidad de Oxford regresa al siglo XIX recuperando tradiciones de la época:

- **Vestimenta**. Los estudiantes llevan capas y birretes, y los profesores, el *gown*, la típica capa docente.
- **Clavel en la solapa**. Uno blanco indica que el alumno se dirige a su primer examen; si es rosado, va a los siguientes, y uno rojo significa que solo le queda el último.
- **Cenas de etiqueta**. Los *formal dinners* duran entre tres y cuatro horas y están reservados principalmente a los profesores. La calidad de la comida no tiene nada que ver con la mala fama de la cocina inglesa.

pueden identificarse las del arqueólogo y espía Lawrence de Arabia, la escritora Agatha Christie, el pensador Salvador de Madariaga o el mismo Lewis Carroll.

El Christ Church: un reclamo turístico

En el *college* más famoso de Oxford vivía Alicia Liddell, la hija del deán de esta institución que inspiró el personaje de la heroína del País de las Maravillas. Exhibe una iglesia que es a la vez capilla y catedral de la ciudad gracias a un privilegio otorgado por Enrique VIII. Su otro gran atractivo es el Great Hall que dio vida al comedor del mágico colegio Hogwarts en la primera entrega de la saga de J.K. Rowling: *Harry Potter y la piedra filosofal*.

Tiempo para el ocio

Remo. En Oxford, como en Cambridge, sienten devoción por él. De ahí el tradicional enfrentamiento.

Punting. Consiste en pasear por el Támesis en un *punt*, una barca propulsada con una larga pértiga (*pole*). Parece fácil, pero requiere su técnica.

Críquet. Un juego en su origen de *gentlemen*.

El ajedrez

Está claro que a Lewis le gustaban mucho los juegos: los de cartas, tan presentes en la primera parte de Alicia y el ajedrez, protagonista de la segunda.

Ajedrez en vivo

La segunda parte del libro, Alicia a través del espejo, *está planteada como una partida de ajedrez. De este modo, reaparecen reyes y reinas de la primera parte y unas piezas reflejan en espejo las piezas del contrario.*

En la Edad Media y en el Renacimiento, las partidas de ajedrez vivientes estaban a la orden del día. Muchos reyes destinaban a ella un patio palaciego donde unos cuantos sirvientes se movían sobre un gran tablero.

Una metáfora de la vida

Se han escrito muchos pasajes sobre la vida como una partida de ajedrez desde distintos puntos de vista:

- Hombres que intentan manejar a sus semejantes como si fuesen piezas. Sirva de ejemplo la novela *Felix Holt* de George

En la literatura

Aparte de Carroll, otros autores han utilizado el recurso del ajedrez viviente, sobre todo de ciencia ficción, aunque no únicamente. Éstos son dos de los más destacados:

- **François Rabelais** (1494-1553). Describió una partida en su monumental *Gargantúa y Pantagruel,* donde narra las aventuras de dos gigantes.
- **Isaac Asimov** (1919-1992). El protagonista de *El fin de la eternidad,* Andrew Harlan, no imagina la partida de ajedrez temporal de la que forma parte y que puede llegar a decidir el futuro de la humanidad.

Eliot, a la que pertenece este fragmento: «este ajedrez imaginario es fácilmente comparable a la partida que el hombre tiene que jugar contra sus semejantes, utilizando como instrumentos a otros semejantes.»

· Los jugadores como dioses o como demonios. H.G. Wells, en el prólogo de *The Undying Fire*, empieza con una conversación entre dios y el diablo que se enfrentan en una partida.

Jaque mate al Rey Rojo

Al capturar a la Reina Roja, Alicia logra un jaque mate. Puede interpretarse como una victoria de los "buenos" sobre los "malos", pues las piezas blancas son personajes bondadosos, mientras que las rojas son personajes malévolos.

Una partida de película

Uno de los encuentros de ajedrez en vivo más emblemáticos es el que disputaron José Raúl Capablanca y Herman Steiner en Los Ángeles en 1933. Lo arbitró el productor y director de cine Cecil B. DeMille, artífice de éxitos de taquilla como *Cleopatra* y *Los diez mandamientos* Y es que la partida formaba parte de una fiesta organizada por cineastas de Hollywood.

En el ajedrez humano, las personas hacen las veces de piezas, como Alicia y sus compañeros.

Partidas en la era victoriana

Con la llegada de las asociaciones y los clubes ajedrecísticos,
proliferaron los campeonatos y las competiciones.
El siglo XIX vio nacer los primeros torneos internacionales.
El mismo Carroll era un gran aficionado.

Junto con el Café de la Régence de París, el Simpson's Divan de Londres fue la meca para los jugadores del siglo XIX. Durante dicha centuria, no sólo el número de aficionados creció, sino que el mismo ajedrez fue noticia. La capital francesa vio nacer en 1836 la primera publicación periódica dedicada por entero al juego: *Le Palamède*. En ella podían leerse partidas que transcribían los movimientos.

La partida inmortal

Londres, 21 de junio de 1851. Nace el primer torneo internacional con vocación de convocarse regularmente. Uno de los enfrentamientos amistosos fue entre el alemán Adolf Anderssen y el estonio Lionel Kieseritzky. «La inmortal» es una de las partidas más famosas de todos los tiempos y la ganó Anderssen.

El tiempo es oro

«El Tiempo no tolera que le den palmadas. En cambio, si estuvieras en buenas relaciones con él, haría todo lo que tú quisieras con el reloj», le dice El Sombrerero a Alicia.

Más de un jugador de ajedrez habría pagado por ello cuando las partidas empezaron a cronometrarse.

Los relojes de ajedrez son una creación del siglo XIX. Hasta mediada esa centuria, los jugadores no tenían un tiempo máximo para meditar sus movimientos, lo que eternizaba las partidas. Para controlarlo empezaron a usarse relojes de arena, la primera vez en Londres en 1862. Cada jugador debía hacer 24 movimientos en dos horas. En 1880 se sustituyeron por los mecánicos, que a su vez desaparecerían con los digitales.

Reloj de ajedrez del siglo XIX.

Primera partida a distancia

Samuel Morse, creador del telégrafo y aficionado al ajedrez, quiso demostrar las virtudes del nuevo sistema de transmisión. En noviembre de 1844 se jugó la primera partida a distancia: ajedrecistas de Washington contra ajedrecistas de Baltimore.

¿Un arma letal?

H.G. Wells tenía una visión muy negativa del ajedrez. Tanto es así que en el ensayo *Concerning chess,* de 1897, lo define como "una excrecencia sin rumbo de la vida". Aparte de "demasiado intelectual", lo veía como un arma letal capaz de destruir al ser humano. Si todos se dedicaban a jugar al ajedrez, ¿quiénes se ocuparían de los asuntos del mundo?, se planteaba.

Pese a todo, no sólo lo practicó sino que lo mencionó en algunas de sus obras fantásticas.

Mejores ajedrecistas de la centuria

Wilhelm Steinitz (1836-1900)
- Estadounidense. Primer campeón del mundo oficial.

Joseph Henry Blackburne (1841-1924)
- Británico. Icono del ajedrez romántico por su estilo rápido, abierto y muy táctico.

Emanuel Lasker (1868-1941)
- Alemán. Campeón del mundo durante veintisiete años.

José Raúl Capablanca (1888-1942)
- Cubano. Fue llamado "la máquina de ajedrez humana" por su rapidez y su estilo de juego relativamente simple.

Alexander Alekhine (1892-1946)
- Ruso. Conocido por su destreza táctica y su habilidad para crear combinaciones en situaciones complejas.

Paul Morphy: partida en la Ópera

El estadounidense, uno de los más grandes ajedrecistas de todos los tiempos, no llegó a convertirse en campeón del mundo, pero únicamente porque en su época no existía el título como tal. Su partida más famosa la jugó contra dos aficionados, el duque de Brunswick y el conde Isouard, en un palco de la Ópera de París durante la representación de *El barbero de Sevilla* de Rossini.

Atrapadas en un papel secundario

La visión del ajedrez como metáfora de la subordinación de las mujeres está presente en tres destacadas obras victorianas:

- *La inquilina de Wildfell Hall*, de Anne Brontë
- *Un par de ojos azules*, de Thomas Hardy
- *Alicia a través del espejo*, de Lewis Carroll

En estas tres novelas, el juego simboliza cómo los personajes centrales femeninos llegan a un punto muerto en sus intentos por conseguir independencia. Aunque son distintos entre sí, todos sus caminos tratan sobre el proceso de un peón que viaja por un tablero hasta convertirse en reina. Sin embargo, como reconocen los tres autores, el proceso no es satisfactorio y sólo sirve para revelar en qué medida las tres protagonistas, Helen Graham, Elfride Swancourt y Alicia, están atrapadas en un juego en el que la sociedad les había asignado un papel secundario.

De juego de reyes a instrumento político

Desde la Edad Media hasta la Guerra Fría, el ajedrez ha sido una herramienta política.

En la Edad Media, el ajedrez ya era un pasatiempo internacional y se convirtió en el juego favorito de muchos monarcas. En el siglo XV pasó de entretenimiento de las clases altas a juego popular. Algunas piezas se transformaron para adaptarse a la naturaleza de las cortes europeas, como el consejero que idearon los persas, que pasó a ser la reina.

Inglaterra contra Francia

En 1834 se disputó en Londres el primer campeonato internacional conocido, entre el británico Alexander McDonnell y el francés Louis-Charles Mahé de La Bourdonnais, que se erigió en el primer campeón del mundo sin título oficial.

Guerra fría sobre el tablero

El Telón de Acero, que tras la Segunda Guerra Mundial partió Occidente, transformó el ajedrez en una batalla política. Las décadas de 1950 y 1960 vieron un dominio absoluto de los jugadores de la URSS y se organizaron torneos con el nombre "La Unión Soviética contra el resto del mundo".

Movimientos más allá de la estratosfera

Dos astronautas a bordo de la nave *Soyuz 9*, Andriyan Nikolayev Vitaly Sevastyanov, se enfrentaron el 9 de junio de 1970 a dos miembros del personal de tierra de la URSS. Aunque la partida acabó en tablas, el resultado fue lo de menos.

Doble tablero

Alicia gana en once jugadas, empezando con un peón blanco y acabando como Reina Blanca. En su honor, existe una variante del juego, "el ajedrez de Alicia", en la que se usan dos tableros, un guiño a su visita al mundo al otro lado del espejo.

Ajedrecistas en el espacio exterior

Antes de la partida que jugaron los astronautas de la *Soyuz 9*, algunos escritores habían imaginado la posibilidad del ajedrez en el espacio. Sirvan de ejemplo éstos dos:

- Jules Verne en su *Héctor Servadac* (1877), donde el brigadier y el mayor juegan durante su errática navegación interestelar.
- Edgar Rice Burrough, "padre" de Tarzán, creó una serie de relatos con Marte como eje. En *El ajedrez viviente de Marte* aparece el jetan o ajedrez marciano, con reglas propias pero puntos en común con el terrícola.

Las reinas del ajedrez

Desde que se introdujo en Europa, el ajedrez siguió caminos distintos para hombres y para mujeres. No ha sido una disciplina en la que prime la igualdad.

Al primer torneo femenino, que tuvo lugar en Londres el 23 de junio de 1897 para celebrar el jubileo de la reina Victoria, le llovieron las críticas.

Según parece, la separación entre hombres y mujeres en el ajedrez se remonta al siglo XVI. Se cuenta que en el siglo XVIII los unos y las otras, en su soltería, lo practicaban de forma habitual como preámbulo del juego amoroso, con el objetivo último de mantener una relación romántica. En el siglo XIX, cuando se puso de moda en los cafés y los clubes, las jugadoras fueron borradas del mapa de un plumazo,

negándoseles el acceso a los lugares donde tenían lugar los torneos.

Durante mucho tiempo, existieron clubes y torneos separados para cada sexo, e incluso las reglas eran diferentes. Jugar por correspondencia se puso especialmente de moda entre las más acaudaladas, aristócratas y burguesas con mucho tiempo libre. Una de ellas, que utilizaba el seudónimo "Una dama", publicó en el año 1860 *El abc del ajedrez*, un manual que ayudó mucho a extender la afición entre las mujeres.

En la actualidad, los torneos ya no se dividen por género, aunque existen también torneos solo para mujeres.

Clubes femeninos

Los primeros clubes de ajedrez específicos para mujeres se organizaron en Inglaterra, Francia y los Países Bajos a finales del siglo XIX.

La primera campeona del mundo

La rusa Vera Menchik fue la primera campeona del mundo de ajedrez, en 1927, imbatible en todas sus defensas del título, hasta seis entre 1930 y 1939. La invitaban a los mejores torneos teóricamente reservados a los hombres, se enfrentó a los más grandes y una de sus aperturas habituales era el gambito de dama.

La URSS, pionera

A la popularización del juego entre las mujeres contribuyó en gran medida el país que durante décadas dominaría el ajedrez a nivel competitivo, la Unión Soviética, que promocionó una profesionalización de las jugadoras que no tardaría en extenderse por todo el mundo.

Ajedrez de cine

La influencia del ajedrez, que tanto interesó a Carroll, resulta innegable en el séptimo arte. Muchas películas y documentales lo demuestran.

La fiebre del ajedrez, de Shakhmatnaya Goryachka, 1925.

• En *La fiebre del ajedrez*, película muda soviética de 1925, Shakhmatnaya Goryachka quiso hacer una sátira sobre la obsesión por este juego que se desató en Moscú con motivo del Torneo Internacional.

El séptimo sello, de Ingmar Bergman, 1957.

• En *El séptimo sello* (1957), de Ingmar Bergman, el caballero Antonius Block se encuentra, de regreso de las Cruzadas en Tierra Santa, con la Muerte. Le propone jugar una partida de ajedrez con la esperanza de que le aclare cuestiones vitales. Una escena icónica.

Juego de reyes, de Gerd Oswald, 1960.

• En la Austria ocupada por los nazis, un intelectual es detenido y acusado de contrabando. Está basada en la novela corta de Stefan Zweig *Novela de ajedrez*.

Los jugadores de ajedrez, de Satyajit Ray, 1977.

• Mientras en la India tienen lugar los primeros levantamientos contra el Imperio británico, se desarrolla una partida entre dos hombres de clase alta.

Fresh, de Boaz Yakin, 1994.

• Un niño de Brooklyn que trafica con droga viaja a escondidas para jugar al ajedrez con su padre, al que tiene prohibido ver.

***La reina de Katwe*, de Mira Nair, 2016.**

- Biopic de Phiona Mutesi, la jugadora ugandesa que ganó el campeonato juvenil de su país con once años y llegó a competir en la Olimpíada Mundial. Una historia de lucha y superación con un tablero como arma.

***Pensamiento crítico*, de John Leguizamo, 2019.**

- Basada en la historia del equipo de ajedrez de la Jackson Senior High School de Miami, los primeros en ganar el Campeonato de Ajedrez de Estados Unidos.

Gambito de dama: en honor a la verdad

Nona Gaprindashvili, la ajedrecista cinco veces campeona del mundo que inspiró *Gambito de dama*, demandó a Netflix por considerar que la serie contiene información falsa y sexista. En una escena, un comentarista de radio afirma que Gaprindashvili "nunca se había enfrentado a hombres". Según la denuncia, el año en que se desarrolla el episodio, 1968, había competido contra al menos 59 ajedrecistas masculinos. Un acuerdo obligó a la plataforma de *streaming* a pagarle cinco millones de dólares.

*Un petit four es un delicado, pequeño
e irresistible bocado que suele servirse
en ocasiones especiales.*